看故事學語文

看故事學部首 **2**

擔心被吃的侍從

方淑莊　著

新雅文化事業有限公司
www.sunya.com.hk

看故事學語文

看故事學部首 ②
擔心被吃的侍從

作　　者：方淑莊
插　　圖：靜宜
責任編輯：葉楚溶
美術設計：鄭雅玲
出　　版：新雅文化事業有限公司
　　　　　香港英皇道 499 號北角工業大廈 18 樓
　　　　　電話：（852）2138 7998
　　　　　傳真：（852）2597 4003
　　　　　網址：http://www.sunya.com.hk
　　　　　電郵：marketing@sunya.com.hk
發　　行：香港聯合書刊物流有限公司
　　　　　香港荃灣德士古道 220-248 號荃灣工業中心 16 樓
　　　　　電話：（852）2150 2100
　　　　　傳真：（852）2407 3062
　　　　　電郵：info@suplogistics.com.hk
印　　刷：中華商務彩色印刷有限公司
　　　　　香港新界大埔汀麗路 36 號
版　　次：二〇二一年六月初版

ISBN: 978-962-08-7790-2
© 2021 Sun Ya Publications (HK) Ltd.
18/F, North Point Industrial Building, 499 King's Road, Hong Kong
Published in Hong Kong, China
Printed in China

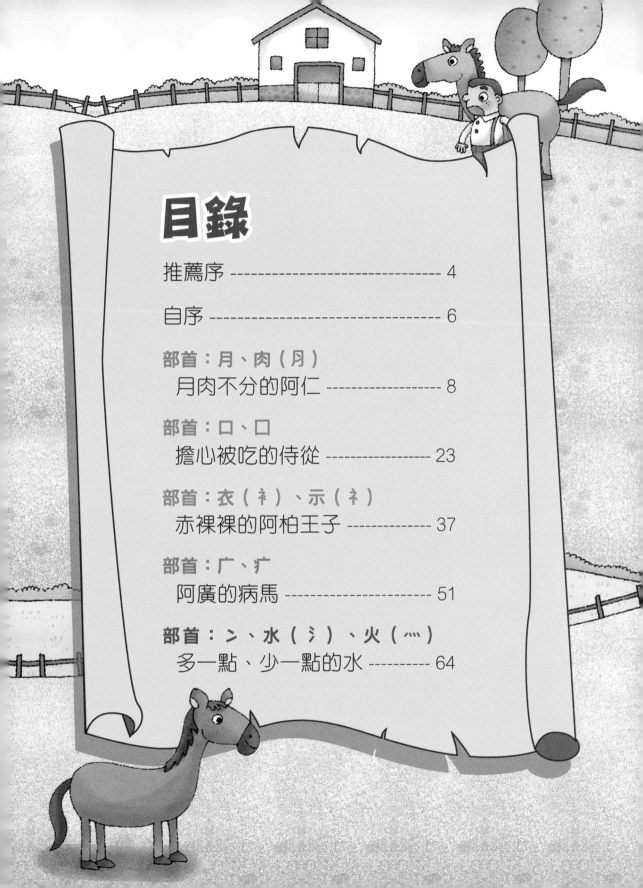

目錄

香港人做事講求效益，同樣的成果，能少花一點時間，總不願多費工夫。這確是在商業社會的生存之道，只是學習知識若一味追求簡捷，聰明過人者一時或可應付考試，卻也易於遺忘，最終也不見得「符合成本效益」。中學一位老師曾說，一件事，接收越多有關的細節，越能記住。按自己學習歷史的經驗，也的確如此，情節豐富的倒最容易熟記。

本書通過故事交代語文知識，看似是把幾十字足夠說明的要點化簡為繁去鋪陳，或以為多此一舉。但對孩童而言，把死板的知識融入充滿趣味的故事當中，他們甚至不必強迫自己集中記憶，就已把包含語文知識的情節深印腦中。而且，語文要掌握純熟，不得不靠長期的浸淫，對孩童而言，多讀一些有

情節的故事，掌握語感，培養興趣，助益又不止於學習漢字部首而已。

　　書中的故事，情節諧趣，兼具教育意義，若作者語文教學的理論知識和實踐體會稍有不足，恐怕難以勝任。本書作者任教多年，經驗豐富，深明此道，也不吝為孩子花心思創作故事，如今這冊已是第九、十部作品，細細品味，當有所得。

陳天浩

香港大學中文學院哲學博士

守其初心，始終不變

從事語文教育工作十多年，我一直以來都堅持着一個信念——把學習語文變成一件有趣的事，讓孩子愛上語文，愛上閱讀。在 2015 年，我開展了《看故事學語文》這個系列，嘗試透過簡單、輕鬆的故事介紹不同的語文知識。一直以來，得到很多小讀者的支持，心裏很是感恩。眨眼間，這次出版的已經是第九及第十冊了。

2020 年是很特別的一年，疫情肆虐，學校停課，興趣班也停了，孩子的學習模式有一個前所未有的改變，每天足不出戶，在家中上網課；作為老師，工作上也有重大的挑戰，學習新的技術、面對新的教學模式，對我來說，這可是我工作生涯中最艱辛的一年。身為兩孩之母，既要照顧家庭，又要上班，還要在夜闌人靜時抽空寫書，真是好不容易。然而，忙碌的生活並沒有動搖我為孩子寫書的堅持，我依然熱衷於找尋寫作的新點子。

「識字」和「認字」是孩子學習語文的重要一環，而「部首識字」是中文識字教學策略中常見的方法。大約有 80% 的

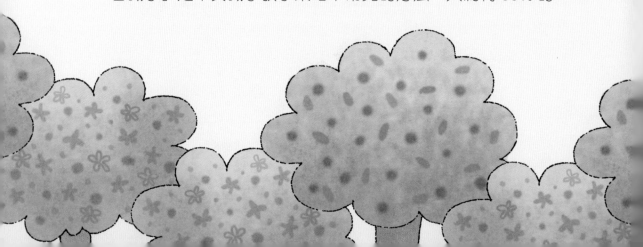

中文字是形聲字，其特色是一邊表形（部首／形旁），一邊表音（聲旁）。我們可以從聲旁猜出讀音，也可以從部首大概了解字義。形旁部首對認識中文字提供了重要的提示作用，有助孩子記憶字形、理解字詞和學習新的詞彙。然而，在學習中文字的過程中，孩子會對一些形近的部首感到混淆，造成寫錯字的情況，影響學習成效。有見及此，我決定撰寫《看故事學部首》兩冊，選取了幾個常用及容易混淆的部首，以故事形式讓孩子辨認近似部首及學習其意思，加深印象。

最近，香港某團體就「市民閱讀習慣」做了一項調查，結果是七成五受訪者有紙本閱讀習慣，較上年升近一成，閱讀時間也增加近一成。在疫情影響下，人選擇了回歸閱讀，用讀書來充實生活、追求心靈安定。我相信閱讀是終身學習的基礎，疫情讓大家不能「走萬里路」，卻無阻大家「讀萬卷書」，希望小讀者們繼續享受閱讀，並從閱讀中有所得着。

方淑莊

部首：月、肉（⺼）

月肉不分的阿仁

　　這是一個月色皎潔①、幽靜美好的夜晚，在凌晨時分，小王子終於出生了，大家都很高興。他臉兒圓圓，眼睛明亮，笑起來像彎彎的月亮，十分可愛。國王抱着這個小寶貝，不禁喜上眉梢②，正要為他起個名字。王后説：「這陣子總是下雨，今晚風清月朗③，小王子就出生了，所以我希望他的名字與『月』字有關。」國王點點

釋詞

① 皎潔：明亮潔白，多形容月光。
② 喜上眉梢：喜悦的心情從眉眼上表現出來。
③ 風清月朗：微風清涼，月光明朗，形容夜景美好。

頭表示同意，説：「對！對！對！不如我們為小王子舉辦一個大型的滿月宴，宴請各國的貴賓，在宴會上見證着我們為他改一個最好、最動聽的名字。」

國王一面逗着小王子的小圓臉，一面吩咐大臣及侍從們有關滿月宴的安排，説：「要有最上乘的美酒佳餚、最華麗的布置，還要

加設一個隆重的起名儀式。」他想了想，又說：「在宴會廳裏，我要建一道大牆，牆上面寫滿『月』字部的字，好讓各人見證着我和王后親自為小王子挑選名字。」

國王知道大臣阿仁曾經學過設計，便吩咐他來負責設計這道牆。阿仁覺得這是獲國王賞識的好機會，毫不猶豫就答應了，說：「尊貴的國王，我一定會好好去辦！」國王很高興，說：「好！好！好！記住要好好地辦，不可有任何差池①。到時候，句式國國王和閱讀國國王一定會很羨慕我呢！」

第二天，阿仁便開始工作，他先找工人建好一道巨大的牆，然後着手去構思和設計。在王宮中最有學問的大臣阿歷知道阿仁

釋詞　　①差池：意外、差錯。

10

在設計上的確很有本領，語文能力卻不是很高，所以特意來到宴會廳找阿仁，主動去協助他。怎料，阿仁不想被人邀功，拒絕讓其他人參與此事，他對阿歷說：「我一個人就能把這事做好，不用勞煩①你了！」阿歷還是不放心，說：「我平日愛看書，語文能力尚算不錯，我只想協助你想想有關『月』部的字。」阿仁聽了阿歷的話，不但沒有領情，還覺得自己被輕視，心裏很生氣，說：「不要恃着自己多讀幾本書，就對我指指點點。」然後把阿歷趕了出去。阿歷拿他沒辦法，只好離開。

這幾天，阿仁都在宴會廳裏閉門工作，即使晚上都不願離開，因為他怕有人會走進

釋詞 ① 勞煩：在請求或拜託別人做某事時的用語，相等於「請」、「麻煩」。

來，偷看他的設計，搶走他的功勞。有一天，他的好朋友大臣阿羅拿着一大籃食物和一瓶美酒，來探望阿仁，他站在門外，説：「阿仁，知道你忙了好幾天，辛苦了！我帶了你最喜歡的牛腩和雞腿來，讓我們兄弟倆把酒言歡，輕鬆一下。」可是，阿仁沒有請阿羅進去，只是把頭探出門外，説：「別打擾我工作，你還是回去吧！我不容許任何人把我的設計外洩。」聽到阿仁的話，阿羅很傷心，説：「我們是多年的好友，想不到你竟然不信任我。」然後垂頭喪氣地走了。

小王子的滿月宴快到了，阿仁這個月來埋頭苦幹，終於獨力把那道「月字牆」完成了。牆壁是金黃色的，十分華麗，上面有很多字，都是阿仁親手鑿上去的，手工非常精緻。阿仁對自己的作品感到很滿意，並用一

塊大紅布把牆遮蓋着，心想：這是我一個人的功勞！到時，國王一定會歎為觀止！

小王子滿月的日子終於到了，宴會廳布置得非常華麗，食物和飲品是最上乘的，而且賓客陣容鼎盛，除了有部首國的達官貴人，還有各國的國王和王后，每位客人都打扮得雍容華貴，場面很有氣派[①]。

在柔和的伴奏下，大家都吃飽喝足，十分享受。終於來到了全晚最矚目的時刻——為小王子起名環節，司儀請阿仁上台，讓他向眾人介紹他設計的牆壁。

阿仁滿有自信地說：「國王、王后、各位尊貴的來賓，你們好！上個月，在一個月光皎潔的晚上，部首國的小王子誕生了，我

釋詞　① 氣派：人的態度作風或某些事物所表現的氣勢。

月、肉（月）

口、口

衣（衤）、示（礻）

广、疒

氵、水（氵）、火（灬）

13

按着國王和王后的吩咐，建造了這道由不同『月』字旁的字組成的牆，準備給尊貴的小王子起一個名字。」大家的掌聲如雷，國王向着阿仁點點頭，露出滿意的笑容。阿仁心裏樂滋滋①的，想藉着這個大好機會表現自己，好讓國王好好記住他的功勞，他繼續說：「在展示『月字牆』之前，我想大家聽聽我的感受。原來月字部的字真的很多，我花了差不多一個月時間，才把它完成。從設計到刻字都是一個人的努力，牆上的每一個字都是我親手鑿上去的。在鑿字的時候，我發現很多有意義的字，也許適合用在小王子的名字上。」

於是，國王上台，把紅布揭開，大家期

釋詞　① 樂滋滋：十分高興的樣子。

14

待已久的「月字牆」終於展示出來了。這時，現場傳來一陣陣笑聲，<u>部首國</u>的大臣看到牆上的字都不禁紅着臉，低下頭，氣氛非常尷尬。原來，牆上鑿着的字不但有從「月」字旁的「朋、朗、望、服、朦、朧」等，還有從肉字旁（月）的「胖、腩、臀、肚、肥、背」等。

看到牆上的字，平日最愛跟國王開玩笑的<u>句式國</u>國王和<u>閱讀國</u>國王都站了起來，雙雙走到台上。句式國國王笑着說：「<u>部首國</u>國王常常說要兒子一統南北，那不如就起名叫『腩背』吧！」然後，<u>閱讀國</u>國王又搶着說：「不好！不好！王子在半夜時於宮殿出生，那就叫『胖臀』吧！」說罷，不禁捧腹大笑起來。

可憐的<u>部首國</u>國王慘被嘲笑，生氣極

了！他一言不發，怒氣沖沖地離開宴會廳，滿月宴就此完結了。<u>阿仁</u>呆呆看着那道寫滿字的牆，低聲地說：「這不就是國王要的月字旁嗎？」看來，他仍然不知道自己犯了大錯。

急功近利①的<u>阿仁</u>不肯向人請教，最後犯了大錯，從此被囚禁了。

月、肉（月）

口、口

衣（衤）、示（礻）

广、疒

氵、水（氵）、火（灬）

 ① 急功近利：急於求得成效，貪求眼前利益。

部首小教室

月

甲骨文	金文	篆書	隸書	楷書

　　「月」是象形字，像月缺的形狀，所有與月相關的字，都採用「月」作偏旁。古時的人以觀測太陽和月亮來計時，因此，有些和時間有關的字也從月部，例如「日期」的「期」、「朝夕」的「朝」等。

　　此外，由於文字演變到隸書時有太多簡省和同化，因此出現了有一些和月亮無關，也從「月」部的字，如服、朕、朋等。

部首是「月」的例子：
有、朋、朗、望、期、朦、朧、服、朕

肉（月）

| 甲骨文 | 金文 | 篆書 | 隸書 | 楷書 |

「肉」的本義是鳥獸之肉，即是動物的肌肉。「肉」是象形字，最初「肉」字的字形像一塊切好的肉。甲骨文時，就像獸肉的形狀，後來字形演變，從甲骨文演變至篆書，「肉」中多加一筆，外形有點兒像「月」字，裏面的兩筆像肉紋。後人為了避免人們把「肉」部的字誤當作「月」部的字，於是把它寫成「⺼」，避免混淆。

「肉」是漢字的主要部首之一，變形部首為「⺼」，稱為「提肉旁」、「肉月旁」。所有與肉相關的字，都採用「⺼」作偏旁，不少跟人體有關的字都從「肉」字部。

部首是「肉」的例子：
腿、腳、膀、腰、脂、肪、肩、臂、背、胃

19

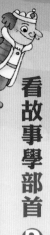

學習心得

在故事中，阿仁急於邀功，沒有虛心向人請教，把「月」部和「肉」部的字混淆了，讓句式國和閱讀國國王有機可乘，嘲笑小王子叫「腩背」和「胖臀」，部首國國王失禮於人前，場面多麼尷尬！

「肉」和「月」這兩個字，當然一看就能看出區別，可是當「肉」寫成「肉」，作變形部首時，看起來就跟「月」很相近了。「月」中間的筆畫是「橫」和「橫」，兩者是平行的；至於「肉」，中間並不是平行的兩橫，而是「點」和「剔」。

在中國內地，「月」部和「肉」部合併，書寫時，字形上並沒有區別。然而在香港，根據教育局頒布的標準字形表，「月」和「肉」的寫法是不同的。當「肉」作偏旁寫在下方時，本來應該寫作「點」和「剔」，即「肉」，而現今則可以寫成兩橫，但左邊一撇要寫成直，即「月」。

值得一提的是，「肉」的印刷字體跟「月」字難以分辨，一些書籍採用的電腦字體沒辦法表現出「肉」部的點和剔，就會把它印得跟「月」字一樣，容易造成混亂。所以我們在運用時，應多注意字義，所有與肉相關，或跟人體有關的字，都從「肉」字部，它們較從「月」部的字為多。

部首練習

一、很多跟人體有關的字都是「肉」部的，選出適當的字填在括號內，組成詞語，答案可多於一個。

> 腦 肩 背 肌 膚 肪 臉 肝 腿 臂

1. 手（　　）

2. 皮（　　）

3. （　　）龐

4. 大（　　）

5. （　　）脊

6. （　　）膀

7. 頭（　　）

8. （　　）肉

9. （　　）臟

10. 脂（　　）

二、細心閱讀以下段落，找出「月」部和「肉」部的字，
　　填在空格內。

　　阿明是個偏食的孩子，只愛吃肉，不愛吃菜。平日，
他最愛吃豬肉、雞翅膀和牛腩。每次吃完飯後，他的嘴
角總是很油膩的。難怪他長得很肥胖，不但臉圓圓，還
有一個大肚子。他的朋友常常取笑他，說：「阿明，你
太胖了，快要連校服都穿不下了！」

「月」部的字	
「肉」部的字	

部首：口、囗
擔心被吃的侍從

　　國王的心情不太好，今天總是躲在房間裏，足不出戶，本來他答應跟小公主去吹泡泡，跟王后去唱歌，都爽約了。平日，他每餐可以吃三碗飯，今天拿着筷子，在碗裏撥來撥去，一口都沒吃過。

　　侍從們以為飯菜不合國王心意，吩咐廚師煮了好幾道菜式和湯，可是，他還是不吃不喝。侍從<u>阿達</u>請廚師做了一盤國王最愛吃的炸洋葱圈，想吸引他多吃一些，卻弄巧反拙[1]。國王一看見那盤炸得金黃香

釋詞　① 弄巧反拙：本想耍弄聰明，卻反而敗事。

脆的洋蔥圈，生氣得一手把碟子推開，弄得滿地食物，更露出嚴厲的眼神，示意所有人立即離開，大家都被嚇了一跳，匆匆走出去了。

　　侍從阿達說：「我服侍了國王那麼久，從來都沒有見過他如此生氣。」

　　「是的，是的，他一句話都沒有跟我們說，連趕我們出去也一言不發，太可怕了！」旁邊的侍從阿澤回應着。

　　另一位侍從阿才走過來搭嘴，說：「國王平日常常吩咐我做這樣，做那樣，今天卻沒有叫我做任何事情。」

　　看到國王悶悶不樂，茶飯不思[1]的樣子，侍從們都很擔心，更會因此而被責罰，

釋詞　　① 茶飯不思：受情緒影響，連喝茶、吃飯都不想。形容內心焦慮、苦惱等。

月、肉（月）

口、口

衣（衤）、示（礻）

广、疒

氵、水（氵）、火（灬）

所以他們連忙向主管<u>阿良</u>匯報，希望他能幫忙解決問題。為了知道國王的情況，<u>阿良</u>便請他們過來問話，了解一下國王這幾天的起居飲食。

負責安排國王飲食的<u>阿達</u>拿出一本記

事簿，找出這幾天的飲食紀錄，說：「前天，國王心情很不錯，晚上請了幾位大臣過來聚會，他們一面唱歌，一面吃烤肉，一口氣吃了幾大盤呢！我見他們興高采烈，便吩咐廚房多做幾盤美味的小吃，包括香

脆雞腿、薯條、炸洋葱圈等。國王和大臣們吃得痛快，還給了我打賞！我知道國王喜歡香脆的食物，所以，昨天我就吩咐廚房做了香辣火鍋做午餐，國王還吃得津津有味。只是，從今天早上到現在，他就什麼都不吃了。」

平日負責安排娛樂活動的阿才說：「昨天，我特意在民間找了一隊雜技團，國王吃完火鍋後，便跟王后看雜技表演，他們看得興高采烈，一面拍手，一面大聲喝采，十分投入。看過表演後，我見國王閒着，便安排了幾個侍從，陪他唱歌，他唱得聲音有點兒沙啞，但還是意猶未盡，我不敢掃他的興，沒有打擾他，結果他們一唱，就是幾個小時了。」

「國王唱歌的時候，我吩咐了廚房做

了幾盤香脆小食，我沒有讓國王餓着的。」阿達搶着説。

負責打掃的阿澤説：「這幾天天氣乾燥，我知道國王不愛喝水，便在書房裏放了很多飲料，有時是檸檬汁，有時是汽水，有時是咖啡，想讓國王解解渴，他每天都喝很多。」

阿良聽了侍從們的話，嘗試把國王今天的狀況綜合起來，心想：不吃飯、不喝湯、不唱歌、不吹泡泡、不吩咐、不叫人……似乎他想到事情的關聯了。

接着，阿澤在口袋裏拿出一張皺巴巴的紙，説：「還有一件事，看看對事情有沒有幫助。今早，國王沒有吃早餐，悶悶不樂地坐在椅子上，便拿起筆和紙寫起字來，可是寫了幾個字就把紙揑成一團，生氣地

月、肉（⺼）

口、囗

衣（⻂）、示（⺭）

广、疒

氵、水（⺢）、火（灬）

29

扔在地上，我連忙把它拾起，放在口袋裏，但一直忙着工作，忘記把它丟掉。」

阿良接過那團紙，打開來看，紙上寫着：不能吃、不能喝、不能唱⋯⋯

這時，他終於明白國王整天悶悶不樂，不吃不喝的原因了。

阿良吩咐阿達，今天每一餐都為國王預備一碗白粥和一杯蜜糖水，又吩咐阿澤預備好幾壺暖水，按時給國王喝。傻傻的阿才不明所以，便問：「國王只要吃粥，喝水就會好嗎？太神奇了！」

既聰明又細心的阿良便跟侍從們解釋說：「國王今天不『吃』飯、不『喝』湯、不『叫』你的名字、不『吩咐』人工作、不『吹』泡泡、不『唱』歌，你們找到這些事情的共通點嗎？它們都屬於共同的部

首——口，所以我認為國王口裏有些不舒服，我想應該是喉嚨痛了。」經過阿良的解釋，侍從們都恍然大悟了。

第二天，國王吃了粥，喝了蜜糖水和大量的暖開水，喉嚨舒服多了，心情也好多了，大家都放下心頭大石。阿良把阿達、阿才和阿澤三人叫了過來，要處罰他們，說：「你們胡亂地為國王安排飲食和活動，沒有好好照顧他的身體，理應受罰，這算是小懲大誡。」說罷就給他們遞上一張紙，上面寫着：「今天，囚三人。」原來阿良打算把他們關起來一天，讓他們好好地反省。

阿達和阿澤收到那張紙後，低着頭不敢作聲。這時，愚蠢的阿才看見紙上的「囚」字，竟然急得哭了起來，說：「不要……不要吃我們！」大家都以為他怕得瘋了。

月、肉（月）

口、口

衣（衤）、示（礻）

广、疒

氵、水（氺）、火（灬）

原來阿才看到「囚」字有個口字，以為它是從「口」部，即是跟「口」有關的，當他再看見口中有人，便連忙說：「不就是要把人吃了嗎？」阿良看着這個大笨蛋，感到很無奈，只好命人把他們關進牢裏，明天才放他們出來。你們知道「囚」字是什麼部首嗎？跟「口」字有什麼關係呢？

部首小教室

口

甲骨文　　　金文　　　篆書　　　隸書　　　楷書

　　《說文解字・口部》：「口，人所以言食也。」意思是人或動物飲食、發聲的器官。「口」是象形字，其甲骨文像一個向上的嘴形，本義是口腔器官或嘴，引伸為容器通向外邊的部分，如「瓶口」，也引申為出入通過的地方，如「出口」、「入口」等。從「口」部的字大多與嘴巴、說話或聲音有關，或會用於擬聲字，如「嘩」、「啦」。

部首是「口」的例子：
吃、喝、吵、吩、唱、哈、可、古、台、告

口

| 甲骨文 | 金文 | 篆書 | 隸書 | 楷書 |

「囗」粵音為「圍」,「囗」就是「圍」的本字,同時也是個部首。在甲骨文、金文、篆書、隸書和楷書中,這個字都像一圈圍牆,所以,凡是表示周圍有界限或捆縛意思的字,大多數都從「囗」部的。

部首是「囗」的例子:
四、回、囚、國、團、困、園、屯

學習心得

　　在故事中，主管阿良非常聰明，他能夠從國王的生活習慣中找到線索，找出「吃、喝、叫、吩咐、吹、唱」等字詞中的共同部首——口，從而推斷出國王不做的事情都跟嘴巴的動作、說話或聲音有關，猜想他只是喉嚨痛，馬上作出應對，讓國王很快就康復了。至於侍從阿才卻因為弄不清「口」部跟「囗」的分別，以為「囚」字也是從「口」部，「囗」中的「人」字就是指把人放在口中吃掉，虛驚一場，失禮於人前。

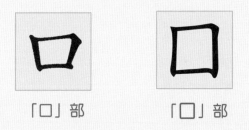

「口」部　　　　「囗」部

　　雖然「口」和「囗」的外形相似，筆劃相同，卻是不同的部首，意思完全不同，不可混淆。而在書寫上，「口」部通常出現在字的一側，而「囗」部的字則構成全包圍結構。

部首練習

一、以下段落中,哪些字跟嘴巴、說話或聲音有關?找出「口」部的字,把它們圈出來。

　　今天是弟弟的生日,我們圍在一起唱生日歌,妹妹爭着吹蠟燭,「呼」的一聲,就把五枝蠟燭吹熄了,令弟弟生氣極了,我們都不禁哈哈大笑起來。接着,大家一起吃蛋糕、喝汽水,弟弟馬上把蛋糕吃完,嚷着要到露台吹泡泡。

二、在括號內填上「口」部的字,組成詞語。

1. （　　）畫

2. （　　）犯

3. （　　）形

4. （　　）牆

5. 花（　　）

6. 原（　　）

部首：衣(衤)、示(礻)
赤裸裸的阿柏王子

月、肉（月）

口、口

衣（衤）、示（礻）

广、疒

氵、水（氵）、火（灬）

　　部首國有兩個王子，哥哥叫阿柏，弟弟叫阿燁。阿燁王子聰明機智，阿柏王子卻較愚鈍[1]，然而他們的心地都很善良，而且感情不錯，國王很疼愛他們。

　　以前，國王總是帶着兩位王子出席不同的宴會，可是有一次，當國王忙着應酬時，可憐的阿柏被別國的王子取笑作弄，令國王感到既傷心又尷尬。自此，每當國王要出席大大小小的活動，都只會帶着阿

釋詞　①愚鈍：愚蠢、反應遲鈍。

37

燁，把阿柏留在王宮中，免得他心靈再次受到傷害。不過，很多人卻誤會了，認為國王不喜歡阿柏了。

阿安是阿柏王子身邊的侍從，他常常想盡不同的主意，希望讓阿柏得到國王的歡心，在王宮中擁有更大的權勢。這樣，他就可以依靠着王子，得到更大的權力，

得到更多侍從的奉承。例如在國王生日的時候，他會絞盡腦汁，替阿柏預備一份別出心裁的禮物，博取國王的歡心。他更會不時四處打探阿燁的事，讓阿柏不至處處吃虧。

可是，阿柏對這些事不太上心，即使國王不帶着他去應酬，不委託他做事，心裏也沒有半點不高興，還樂得清閒，這令阿安更着急了。

最近，句式國國王送來了一些珍貴的布匹，國王竟然把它們全部送給阿燁，更命人為他造了幾條漂亮的褲子。阿安看不過眼，便常常跟阿柏說阿燁的壞話，挑撥①他們兩兄弟之間的感情。起初，阿柏不太在

釋詞　① 挑撥：搬弄是非。

乎，久而久之，心中開始對弟弟有了芥蒂②。

有一次，寫作國的國王及王子到訪，與國王商討合作的事，當他們到達部首國時，國王臨時有要事處理，所以不能出席歡迎大會，他立即請阿燁代替他出席，招待貴賓。寫作國是一個很傳統的國家，他們的國王講求禮節，很重視儀式，招待他們的禮儀不容有失。因此，國王特意給阿燁寫了一張字條，上面寫了：以裸為敬。裸就是酌酒①相敬的意思，國王提醒小王子要向貴賓們酌酒、敬酒招待。

阿燁平日經常跟着國王做事，待人處事大方得體，只要國王稍稍提醒，他一定能把招待的事做得妥當。阿安從其他侍從

釋詞　① 芥蒂：比喻積在心中的怨恨、不滿或不快。
　　　② 酌酒：斟酒、喝酒。

口中得知此事，心感不忿②，決定要想辦法，讓阿柏去擔任這個重要的工作。

　　阿柏按阿安的話，穿上了名貴的襯衫、褲子和棉襖，連襪子都是特意配搭的，他整裝待發，站在接待廳前，等候着指示。這時，阿安拿着一瓶醬油，故意走到正趕着到接待廳的小王子身邊，裝作不小心把醬油潑到他身上，阿燁的襯衫被醬油弄髒了，只好匆匆忙忙回去換衣服。這時，阿安一直跟着他，趁他更換衣服時，偷看了他口袋裏的便條，憑着記憶，趕急地把字抄下來，交給在接待廳等着的阿柏。

　　在接待廳裏，寫作國的國王和王子們都正等待着。這時，阿安拿着手抄的字條

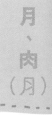

釋詞　①不忿：不甘心、不服氣。

41

趕來了，他說：「快看看國王的指示，代替阿燁王子進去。」阿柏接過字條，露出驚訝的樣子，說：「以裸為敬？這是什麼習俗？我真的要這樣做嗎？」阿安很是焦急，說：「不用想了，我是按着國王寫的字條來抄的，快進去吧！要不阿燁王子馬上就趕來了。」阿柏雖然不太願意，但在阿安的多番催促下，只好硬着頭皮去做。他把棉襖和襯衫脫下，覺得很難為情，傻傻的他快要把衣服脫光，準備走進接待廳招呼久等了的貴賓們……

　　幸好，阿燁王子及時趕到，他見到阿柏光着身子，心裏覺得很奇怪，即時喝止了他，並叫他穿回衣服。阿柏紅着臉，默不作聲。然而，聰明的阿燁看到那張寫着「以裸為敬」的字條，心裏就明白了。待

43

阿柏整理好衣服，阿燁帶領着他慢慢走進接待廳，教他對貴賓們酌酒相敬，兩位王子跟貴賓們共度了一個愉快的下午。

阿柏對於自己和阿安的所作所為感到非常後悔和羞愧，也感謝弟弟阿燁不計前嫌，及時阻止他，否則他不單會被國王責罰，更會出醜於人前。

經過這件事後，阿安不敢再離間兩位王子的感情了，他更決定要用功讀書，因為他沒弄清楚「示」部和「衣」部的寫法，把「裸」字寫為「裸」字，差點兒闖了大禍，令阿柏王子淪為天下間的大笑柄。

月、肉（月）

口、口

衣（礻）、示（礻）

广、广

氵、水（氵）、火（灬）

部首小教室

衣（衤）

甲骨文	金文	篆書	隸書	楷書

　　《說文解字·衣部》：「衣，所以蔽體者也。上曰衣，下曰裳。」「衣」泛指人身上所穿着，用以蔽體、禦寒的服裝。「衣」是象形字，甲骨文的字形，上面像領口，兩旁像袖筒，底下像兩襟左右相疊。

　　「衣」的本義是上衣，變形部首為「衤」，寫在字的左邊，稱作「禮衣邊」，部首為「衣」的字通常跟衣服有關。

部首是「衣」的例子：
衫、褲、襪、袍、被、補、袋、裏、裹

示（礻）

| 甲骨文 | 金文 | 篆書 | 隸書 | 楷書 |

《說文解字·示部》：「示，天垂象，見吉凶，所以示人也。」「示」意思與祭祀鬼神以求福佑有關。「示」是象形字，形狀似上古人們崇拜的靈石，本意是祭台。由於在祭台上供奉祭品是為了使鬼神看見、享用，所以後來引伸為給人看，把事物顯現予人的意思，例如「顯示」和「表示」這些詞語。

　　「示」的變形部首為「礻」，寫在字的左邊，稱作「示字旁」，部首為「示」的字通常跟神靈、祝願和祭祀有關。

部首是「示」的例子：
祀、祝、福、禮、祈、票、祭、禁

學習心得

　　在故事中，阿安沒弄清楚「示」部和「衣」部的寫法，把「祼」字寫為「裸」字，差點兒令阿柏王子裸着身子去接待寫作國的國王及王子，淪為天下間的大笑柄，幸好聰明的阿燁王子及時趕來阻止，否則後果不堪設想。

「示」部　　　　　　「衣」部

　　當「衣」部和「示」部寫成變形部首時，很容易會混亂，因為它們寫法相似，只有一點之差。「衤」是「衣」部，有兩點，都是穿在人身上的衣飾；而「礻」是「示」部，只有一點，都是與祭祀和禮儀有關的。「祼」是酌酒相敬的儀式，當然是從「示」部啊！

部首練習

一、你認識哪些「衣」部的字？請想出八個，並分別組成詞語，填在以下的空格內。

例子

棉被

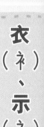
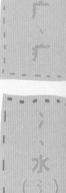

49

二、試從字義方面聯想，把部首「礻」或「衤」加在以下
　　字中，組成完整的詞語。

例子　恤　衫

1. 申　仙

2. 豐　貌

3. 修　甫

4. 衣　由

5. 兄　賀

6. 且　先

7. 君　子

8. 幸　畐

部首：广、疒
阿廣的病馬

月、肉（月）

口、口

衣（衤）、示（礻）

广、疒

氵、水（氵）、火（灬）

<u>部首國</u>的王宮佔地八十萬平方米，非常廣闊，不論是國王、王后，還是大臣們都會騎馬或以馬車代步，馬匹成為了王宮中重要的交通工具。

為了挑選既健壯又溫馴的馬匹，國王每年都會舉行一場「馬匹選拔大賽」，讓全國的牧場參加。

各個牧場要派出馬匹進行比賽，勝出的牧場除了可以在來年為王宮供應馬匹外，還可以得到一筆豐厚的獎金，所以牧場主人們都很重視這場比賽。

阿尚在王宮裏擔任馬伕[1]，雖然他不太聰明，讀書又少，卻對照顧和訓練馬匹很有心得，他能從馬的外形、毛色、跑姿等不同方面辨別出優質的馬匹，又能夠輕易看出生病的馬。今年，國王任命他在「馬匹選拔大賽」中當評審，負責篩選出兩匹優質的馬，供國王試騎，作最後的挑選。

　　阿廣是一個牧場主人，養了很多馬。過往幾年，他都有派出馬匹參賽，卻總是落敗；今年，他下定決心，誓要在比賽中勝出，這樣，他既能贏得獎金，也能把馬賣給王宮，賺取更高的利潤。可是，他自知牧場的馬質素不算很優秀，單憑實力很難勝出，於是，便想出了一個詭計。

- -

釋詞　①馬伕：餵養馬的人。

他打聽到比賽評審阿尚是個貪心的人，於是預備了一袋金幣和一些禮物，專程來到他的家探訪，想賄賂他。阿尚起初不太

月、肉（月）

口、口

衣（衤）、示（礻）

广、疒

氵、水（氺）、火（灬）

53

願意，但經過阿廣多番游說，便答應了請求，協助阿廣的馬匹勝出比賽。

在比賽前一天，阿尚偷偷地進入馬房，想在阿廣的馬匹背上寫上一個小小的「廣」字，以作識別。到了選拔大賽那天，馬房工人按照程序把參選馬匹一一拉出來讓評審評分。阿尚小心翼翼地察看每一隻馬的外形和毛色，先把生病的、瘦弱的馬匹全都篩走。但他為了讓阿廣的馬能在比賽中穩勝，卻又故意把優質的馬匹篩去，只留下一些平平無奇的。他心想：沒有那些最好的馬，阿廣的馬匹就一定能通過國王的騎馬測試，勝出比賽了。

最後，阿尚宣布結果，說：「經過我的評審，能進入決賽的馬匹是來自阿廣牧場和阿成牧場的。」馬房的工人按着阿尚

的指示，把兩隻獲選的馬匹帶到國王的專用馬場，讓國王選出最好的馬匹，還邀請了兩位牧場主人前來觀看。

　　牧場主人阿廣和阿成來到了馬場，得悉自己的馬匹進入了決賽，心裏都有說不出的興奮。阿成自言自語：「我的馬質素一般，今次只是想來見識一下，想不到卻能進入決賽，我真是太幸運了！」阿廣以為自己的計劃一定能成功，心裏樂滋滋的，還跟站在旁邊的阿尚打了一下眼色。

　　國王穿上馬靴，戴上手套，預備騎上阿廣的馬匹。當他走近馬匹，卻看到馬背上寫了一個「癀」字，嚇得馬上退後了幾步，不小心跌在地上，腳受傷了，痛得「哇」了一聲。大臣們急忙地上前扶起國王，他們見到馬背上的「癀」字，也驚恐得目瞪

口呆，立即用手掩住口鼻。

　　國王回過神來，立即命人把<u>阿廣</u>的馬帶走，並嚴厲地對<u>阿尚</u>說：「你身為經驗豐富的馬伕，馬匹是不是健康你怎會判斷不到？竟然選了一隻病了的馬！『癀』不

就是會傳染的炭疽病嗎？你竟敢讓我騎上去？」

　　<u>阿尚</u>很想向國王解釋，卻不知從何說起。如果他向國王解釋自己被人收買，只是不小心把「廣」寫錯為「癀」，相信後

果更不堪設想了。阿尚只好一言不發，站在一旁聽候國王的處罰。

另一方面，由於阿廣的馬懷疑染上了炭疽病，國王下了命令，把阿廣牧場的馬匹全部帶走，以免互相感染。

阿尚沒注意「广」部和「疒」部的分別，把「廣」字寫成了「癀」字，釀成了一個大誤會，詭計不成，更令阿廣損失慘重。

部首小教室

广

甲骨文　　金文　　篆書　　隸書　　楷書

「广」，粵音「染」。要了解「广」字，可從「厂」說起。「厂」的古字是象形字，像靠着山崖搭建的房子。「厂」與「广」都有山崖的意思，但「广」比「厂」多了一點，表示屋頂，有人類居住的意思。

「广」部的本義是房屋，從「广」部的字多跟房屋有關，書寫時，通常寫在字的左上方。

部首是「广」的例子：
府、廁、店、廟、廂、廳、廈、廠

疒

| 甲骨文 | 金文 | 篆書 | 隸書 | 楷書 |

「疒」，粵音「溺」，是象形字，像人有病痛而倚靠休養的樣子。「爿」是「牀」字的象形初文，「疒」甲骨文中的數點像汗水，整個字就像是人生病，躺在牀上，身上流汗。「疒」是「疾」的初文，本義是疾病。

後來，篆書和隸書把甲骨文和金文「爿」和「人」的形狀筆畫化，將人的身軀和「爿」的豎筆合而為一，剩下牀形和像人手臂的一橫，最後演變為楷書的「疒」。部首為「疒」的字，多與疾病有關，書寫時，通常寫在字的左上方。

部首是「疒」的例子：
疾、病、痕、瘡、痴、疲、疫

學習心得

　　在故事中，<u>阿廣</u>貪圖獎金和豐厚的利潤，竟然賄賂評審<u>阿尚</u>，可惜所託非人，被他害得連牧場的馬都被人帶走，損失慘重。「廣」和「癀」看起來字形相似，卻有不同的意思。

「广」部

「疒」部

　　「广」部和「疒」部是兩個意思完全不同的部首，書寫時卻容易混淆。使用時，我們一定要記住它們的意思啊！

部首練習

一、在《阿廣的病馬》的故事中，找出「广」部或「疒」部的字，填在以下空格內。

「广」部的字	「疒」部的字

二、試從字義方面聯想，把部首「广」或「疒」加在以下字中，組成完整的詞語。

例子 痛 楚

1. 車 相

2. 倉 車

3. 巴 痕

4. 皮 倦

5. 廷 園

6. 坐 位

7. 商 占

8. 診 正

部首：冫、水(氵)、火(灬)
多一點、少一點的水

　　部首國氣候乾旱，水和木材都很珍貴，可是王宮裏的人都很浪費，每天耗用[1]大量資源，大臣向國王匯報：「近日降雨量低，水庫的儲水量不足，倉庫裏的木材也所剩無幾[2]了，看來要管制一下。」有見及此，國王下命令設立一個「資源分配部」，負責管理及分配資源，大家要每天按需要來領取，不可以像從前一樣自行拿取水、木材，甚至是冰塊來使用了。

釋詞　　① 耗用：物品因使用而漸漸減少。
　　　　　　② 所剩無幾：剩餘不多。

資源分配部由阿萊管理，還有幾個小雜工幫忙處理雜事。國王規定，凡需要用水、冰和木材的人，都要把屬於自己的木桶放在收集處，並在桶上寫明原因。例如，有人需要用水來洗澡，就要放下一個寫着「洗澡」的木桶，阿萊就會把水倒進桶裏；又例如，有人需要木材煮飯，就要放下寫着「煮飯」的木桶，等候派發木材來生火。阿萊還會細心地記錄各人所領取的物資，確保沒有人濫用。

　　阿萊每天努力工作，凡事親力親為，王宮裏浪費的情況大大改善。今天早上，收集處早已放滿了木桶，等待阿萊來派發資源。他先把木材放在幾個寫着「燒烤」、「煮飯」、「煎魚」等的木桶裏。然後，把冰塊用布包好，小心翼翼地放在寫着「刨

冰」和「冰雕」等的木桶裏。完成後，他吩咐小雜工<u>阿瑜</u>幫忙把水喉拿過來，好讓他把水分配到需要用水的木桶中。

做事急躁的<u>阿瑜</u>拿着水喉急步前來，不小心把手一鬆，水喉便像一條亂舞的蛇，

把<u>阿菜</u>濺得全身濕透，她不好意思地說：「讓我來幫忙，你回去換衣服吧！」<u>阿菜</u>知道<u>阿瑜</u>沒有讀過書，根本看不明白桶上的字，擔心把工作交給她來辦會出錯。可是，全身濕透的他冷得發抖，還打了幾個

噴嚏，眼看擺滿一地的木桶還沒有注水，為免耽誤工作，只好把工作交給阿瑜了。

阿菜認真地提醒阿瑜說：「看誰需要用水，就把水注滿木桶……」阿瑜一面點頭，一面滿有信心地說：「這都是簡單的工作，我懂的。」阿菜還是不放心，便在紙上寫着「氵」，說：「看到這部首的字，就表示要用水了，其他的……」阿菜的話還沒有說完，阿瑜便說：「都說這是簡單的工作而已。」然後把阿菜推開，開始工作了。

阿瑜看到幾個寫着「洗衣服」、「泡浴」、「灌溉」的木桶，便急忙把它們注滿水，阿菜見她工作得有板有眼，便走開了。阿瑜拿着水喉，繼續工作，她走到寫着「煮飯」、「煎魚」的木桶旁，喃喃自語：「剛才阿菜說三點水『氵』代表要水，那

四點『灬』不就是更多的水嗎？」她連忙把水往木桶一注，盛得滿滿的。接着，她又來到寫着「刨冰」、「冰雕」的木桶旁邊，說：「這些事真是傻瓜都會做！不用多說，兩點『冫』就是少一點水了。」她便在桶裏注一半的水。阿瑜眼見所有木桶都注了

月、肉（⺼）

口、囗

衣（衤）、示（礻）

广、疒

冫、水（氵）、火（灬）

水，露出滿意的笑容，然後下班了。

　　不久，各人前來領回木桶。怎料，回去卻發現桶裏的木材全都濕透，無法生火，不能煮飯和煎魚了。領了冰塊的人一打開木桶，看到冰塊融掉，都變成了水，做不成刨冰和冰雕了。

　　阿瑜完成工作後，已把資源部的大門關上，大家要待明天才能領取冰和木材了，眾人都不能工作，感到很生氣。你們知道究竟阿瑜做錯了什麼事嗎？到底「冫」、「氵」和「灬」三個部首有什麼分別呢？

部首小教室

ㄎ

甲骨文	金文	篆書	隸書	楷書

　　《說文解字‧冫部》：「凍也。」《韻會》指出，「冫」本作「仌」，今文作「冰」。因此，要認識「冫」部，應先認識「仌」部。「仌」是冰的古字，在篆書中，像是冰裂開的樣子。後來，「仌」省略成「冫」，通「氷」和「冰」，指「凍」的意思。從「冫」部的字通常表示寒冷，稱作「兩點水」。

部首是「冫」的例子：
冰、冷、凍、冶、凌、冬

71

水（氵）

| 甲骨文 | 金文 | 篆書 | 隸書 | 楷書 |

「水」是象形字，甲骨文、金文和篆書的「水」字都相似，中間像水脈，兩旁似流水。隸書開始，「水」字演變為接近現今的寫法。

「水」可以解釋為「評度的標準」，例如水平。「水」又可以指無色、無味的液體，或作江、海、河流、湖泊的總稱。從「水」部的字，通常表示江河或水利名稱，或表示水的流動，或水的性質狀態。

「水」是漢字的主要部首之一，變形部首為「氵」，稱為「三點水」。

部首是「水」的例子：
河、海、江、湖、淺、涌

火（灬）

甲骨文	金文	篆書	隸書	楷書

　　「火」是象形字，甲骨文的字形就像火焰的輪廓。「火」的本義是物體燃燒所發出的光、焰和熱。「火」的變形部首為「灬」，稱作「四點火」。

　　書寫時，如部首寫在上方或左方，寫「火」；如部首寫在下方，則會寫「火」或「灬」。

　　從「火」部的字通常跟「火」有關，在《說文解字》中，還收錄了很多跟食物的烹調方法有關的「火」部文字，如煎、煨、爆等。

部首是「火」的例子：
炸、燒、灼、煎、煮、烹、炎、災

學習心得

　　在故事中，小雜工阿瑜自作聰明，沒有聽清楚阿萊的講解，便急不及待工作了，結果以為「冫」是少一點的水，「灬」是多一點的水，把簡單的工作都弄得糊里糊塗。那天，王宮裏的人都沒有柴用，沒有冰用了。

| 「冫」部 | 「水」部 | 「火」部 |

　　我們要記住「冫」、「氵」和「灬」是三個不同的部首，兩點通「冰」字；三點是「水」部，四點是「火」部，在運用上有很大的差別啊！

部首練習

一、在《多一點、少一點的水》的故事中，找出「冫」、「水」或「火」部的字，填在以下空格內。

「冫」部的字	
「水」部的字	
「火」部的字	

二、試從字義方面聯想，把「冫」、「水」或「火」部
　　加在以下字中，組成完整的詞語。

 例子

1. 　　　2.

3. 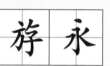　　　4.

5. 　　　6.

答案

《月肉不分的阿仁》（P.21-22）

一、　1. 臂 / 背　　　2. 膚
　　　3. 臉　　　　　4. 腿 / 腦
　　　5. 背　　　　　6. 肩 / 臂
　　　7. 腦　　　　　8. 肌
　　　9. 肝　　　　　10. 肪

二、　「月」部的字：朋、服
　　　「肉」部的字：肉、膀、腩、膩、肥、胖、臉、
　　　肚

《擔心被吃的侍從》（P.36）

一、　　　今天是弟弟的生日，我們圍在一起⃝唱生
　　　日歌，妹妹爭着⃝吹蠟燭，「⃝呼」的一聲，就
　　　把五枝蠟燭⃝吹熄了，令弟弟生氣極了，我們
　　　都不禁⃝哈哈大笑起來。接着，大家一起⃝吃蛋
　　　糕、⃝喝汽水，弟弟馬上把蛋糕⃝吃完，⃝嚷着要
　　　到露⃝台⃝吹泡泡。

二、 1. 圖

2. 囚

3. 圓／圖

4. 圍

5. 園／圖

6. 因

《赤裸裸的阿柏王子》（P.49-50）

一、 裙子／襯衣／手袋／襪子／袖子／褲子／恤衫／旗袍／
衣裳／衣服／服裝／裝飾／製作／富裕（參考答案）

二、 1. 神   2. 禮

3. 補   4. 袖

5. 祝   6. 祖

7. 裙   8. 福

《阿廣的病馬》（P.62-63）

一、 「广」部的字：廣、序、康
「疒」部的字：病、瘦、癀、痛、疽

二、　1. 廂　　　　2. 庫

　　　3. 疤　　　　4. 疲

　　　5. 庭　　　　6. 座

　　　7. 店　　　　8. 症

《多一點、少一點的水》（P.75-76）

一、　「冫」部的字：冰、冷

　　「水」部的字：水、浪、源、洗、澡、濫、派、滿、濺、
　　濕、注、泡、浴、灌、溉

　　「火」部的字：煮、火、燒、烤、煎

二、　1. 燒烤

　　　2. 江河

　　　3. 游泳

　　　4. 煤炭

　　　5. 沙灘

　　　6. 冰凍